여기 좀 봐

노문nomoon 동시집 11

박미자 동시집

여기 좀 봐

펴낸날 : 초판인쇄 2016년 1월 5일

지은이 : 박미자
그린이 : 김지현
편　집 : 박명화

펴낸이 : 백성대

펴낸곳 : 노문nomoon
출판등록 : 2001년 3월 19일 제2-3286호
주　소 : 서울시 중구 마른내로 72(인현동)
전　화 : (02)2264-3311~2
팩　스 : (02)2264-3313

이메일 : nomunsa@hanmail.net

ISBN 979-11-86648-06-3
값 9,000원

동시집

여기 좀 봐

박미자 동시 · 김지현 그림

노 문 사

▌ 동시집을 내면서 ▌

저는 복이 많은 사람입니다. 아이들의 뛰어노는 모습과 노래 소리를 항상 들을 수 있기 때문입니다. 더군다나 매일 만나는 우리 아이들은 저를 다섯 살로 알고 있고, 이따금씩 저를 내면의 어린아이로 데려다 놓습니다. 제 내면의 어린아이는 웃음 끼가 별로 없는 점잖은 어른아이였지요. 그 내면아이에게 웃음과 활달한 끼를 선사해 준 것도 지금 만나는 우리 아이들입니다. 그러기에 날마다 선물인 오늘도 유치한 하루가 시작되지만 동시, 동화를 읽고 동요를 부르는 고운 날들의 선상이 그저 행복하고 감사할 뿐입니다. 그래서 더욱 아이들을 사랑하지 않을 수가 없습니다.

우리 아이들은 어른이 되어도 내면아이 역시 달콤한 추억거리와 함박웃음이 가득한, 그렇게 밝고 맑은 아이가 가슴 안에 있었으면 좋겠습니다.

그런 꿈이 자랄 수 있도록 보육의 현장에 있는 저도 한몫해야 되겠지요.

성심을 다해 아이와 눈 맞춤을 하고 귀 기울여 주는 것이 제가 아이들에게 해줄 수 있는 선물인 것 같습니다. 또한 아이들을 사랑하는 것만큼 진솔한 마음을 담아 따뜻하고 감동 있는 글밭을 가꾸어가는 것이라고 생각합니다. 그리하여 우리 아이들이 환한 동심의 에너지로 조급해지려는 마음을 조금이나마 여유롭게 하고, 건조해지는 마음을 촉촉이 적시면서 사막 같은 세상을 아름답게 수놓으며 살아갔으면 정말 좋겠습니다.

첫 동시집 「여기 좀 봐」를 통해 '우리'라는 사이에 소통의 다리를 놓고 싶습니다. 살맛나게 하는 공감 늘리기와 원활한 관계 맺기를 위한 노력의 흔적일 수 있습니다. 그런 저에게 사랑의 눈길을 주시는 어린이집 식구들, 믿어주시는 해군 가족들, 소꿉친구 같은 제 짝꿍과 든든한 지원군 아들, 삽화를 그려준 예쁜 딸에게 고마움을 전합니다. 그리고 행복한 작업이 될 수 있도록 어깨를 도닥여주신 한국아동문학회 김완기 고문님과 노문출판사 대표님, 평택아동문학회, 시원문학동인, 그 밖에 원장님들과 문우님들께도 감사함을 전합니다. 부끄럽지만 받은 사랑 나누고자 조촐한 시간을 준비하는 저에게도 쓰다듬어 주고 싶습니다. 무엇보다 늘 동심을 일깨워주고 꽃씨 같은 소재를 가져다주는 아이들에게 감사와 사랑의 메시지를 전합니다.

   동시집을 산소 뿜어주는 나무 한 그루로 대입해도 될까요? 부족하기 그지없지만 아름다운 세상을 꿈꾸는 마당에 한 줄기 푸르른 단비가 되기를 소망합니다. 우리 아이들의 유쾌한 마주이야기들과 즐거운 노래 소리를 들으며 잘 기억하고 간직했다가 언젠가 또 한 권의 분량으로 쏟아내지 않으면 안 될 그날을 기다려봅니다. 감사합니다.

2016년 1월 서쪽에서
지은이 박미자

여·기·좀·봐

차례

1부 초대합니다

여·기·좀·봐

2부 황금밭에서

여·기·좀·봐

3부 내 친구 어디에

여·기·좀·봐

4부 못 말리는 사람들

여·기·좀·봐

5부 여기 좀 보세요

1부

초대합니다

선물

딩동
문자 왔어요

제일 친한 친구가
가장 부지런한 민들레의 기지개를
배달해 주었어요

딩동
앙증맞은 노루귀의 하품도
봄까치의 재채기도
연달아 도착했어요

연둣빛 풀섶에서
피어오르는 노란 소식들
설레는 봄

딩동
고마워요 친구

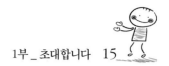

채송화

너는
작은 얼굴 속에서도
커다란 마음이 있어서 좋아

너는
자리가 불편해도
투명한 미소가 있어서 좋아

너는
낮게 앉아 있어도
당당함이 있어서 좋아

봄빛

초롱초롱 별 따다
몸치장하는 개나리

몸단장 마음단장
얼굴에 분칠하기 바쁜 진달래

몸매 자랑 뽀얀 피부
긴-목 늘리는 목련 아씨

노란 세상 꿈꾸며
민들레 나들이 준비하는데

고개 떨군 할미꽃은
졸음에 취하셨나봐

산수유

코를 바싹 들이대자
노랑 작은 별들이 반짝반짝

송알송알 모여 있는 아기별들
하나 두울 세엣...
스무울... 서른...

어디서 온 별들일까
추운 날 옹기종기 여기 모여 있었구나
일찍 내려와 봄 잔치 준비하고 있었구나

가까이 볼수록 눈이 부셔
그래서 봄이 환하였구나

아기별들에게 이런 힘이
숨어 있었다니

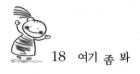

매화

고개 내민 꽃망울
꽃샘바람에
깜짝 놀라
움츠리다
가슴 펴고
온몸으로 부딪힙니다

단단해지기 위해
참고 기다립니다

그
리
고

느낌표가
피었습니다!

다섯 장의 하얀 꽃잎
눈부신 꿈들이
활짝활짝
꽃등을 켭니다

새봄

노랑나비 한 마리가
냉이꽃을 찾고 있어요
개나리가 노란 전설을 기억하듯이

언덕 아래 제비꽃이
옹기종기 모여 있어요
라일락이 보랏빛 향기를 기억하듯이

창문 옆에 엄마가
지그시 눈을 감고 있어요
진달래가 꽃 분홍을 추억하듯이

초대장

아가—
할머니의 솜사탕 같은 따뜻한 목소리를 듣고
아하! 알았어요
봄이 왔다는 것을
'꽃들의 잔치에 초대합니다'

아가—
할아버지의 넓고 시원한 손부채를 보고
아하! 알았어요
여름이 오고 있다는 것을
'녹색의 향연에 초대합니다'

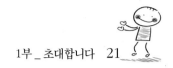

청보리밭

청보리밭에
바람이 놀러 왔어요

서로서로 초록빛 한마음 되어
몸 부비며 소리를 내요

잉잉잉

우는 건지 웃는 건지
싫다는 건지 좋다는 건지

분꽃

아침에도 망설이고
저녁에도 망설이고

뚜뚜따따
뿌앙뿌앙

소리 한 번
질러 보지 않고
무얼 그리 주저하나요

똑똑똑
오늘은 준비되었나요?
망설임을 불어 버려요

용기 내서
하나
두울
셋!

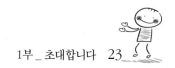

포도

너처럼
동글동글 되려면
원만해야 모아진다는 걸 알았어

너처럼
탐스럽게 되려면
헐렁해야 채워진다는 걸 알았어

너처럼
보랏빛이 되려면
향기로운 꿈을 가져야 한다는 걸 알았어

너처럼
달콤하게 되려면
따가운 햇볕들도 품어야 한다는 걸 알았어

구름 정원

하늘을 봐요
훨훨 나비와 새가 그려지고
몽글몽글 비행기 한 대 자동차 두 대
무지개다리 출렁출렁 건너가고 있어요

수영하는 물고기가 지나가고
보글보글 목욕하는 곰인형 토끼인형
변덕쟁이 도깨비도 보이는 걸요

하늘을 봐요
폭신한 꽃잎 이불에 잠자리가 사뿐
몽실몽실 부풀어 오르는 따끈한 빵 모양
구름 한 바구니 가득 담아
선물하고 싶네요

메롱 하는 동생 얼굴도
스쳐 지나가는 하늘 공원
오늘은 혼자서 구름 놀이터로
두둥실 떠올라
마음껏 폴짝폴짝 놀고 싶어요

소사벌

와,
들판에
주렁주렁
금이 열렸어요

금밭이 출렁거려요
허수아비들도
축제 열고 춤을 춰요

나의 고장 평택 가을은
온통
푸짐하고 맛있는
황금 밥상이어요

달

저기 있다가
요기 있다가

어라?
지금은 어디에

나무 위에 앉았다가
아파트 등 뒤에 숨었다가

옳지
나는 해님
너는 구름 되어 볼까

어라?
어디 따라와 봐라

어라?
어디 나 찾아봐라

못 찾으면 술래

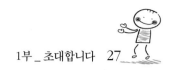

가위 바위 보

슬며시 뛰어올라
놀래줄까 말까

고것 참 재미있는 까꿍 놀이
조마조마 두근두근 숨바꼭질

담쟁이

기댈 곳을 만나면
불꽃처럼 번져가는 담쟁이덩굴
누구를 향한 마음일까
침묵만 점점 넓히고 있네

지문도 발자국도 없어
두근두근 빨개진 담쟁이덩굴
짝사랑의 금을 넘어선 걸까
궁금증만 점점 키우고 있네

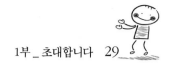

보름달

한 달에 한 번
큰 알을 낳아놓는 둥그런 뒷산
산맥 사이로 숨겨놓았던 이야기들
사분사분 깨어나
산허리에 모였어요

달 둥지 아래
두런두런 피어나는 우정의 꽃
달짝지근한 친구 얼굴 위로
환한 금빛 꿈 뿌려주고
살포시 산을 넘고 있네요

해꽃

해꽃 피는 아침
나는 가볍게 가방을 메고
어린이집 가요

친구랑 신나게 놀고
동화 선생님과 이야기하고
토끼와 물고기도 만나요

새 노래를 배우고
풀꽃 이름도 알게 되고
나무도 셀 수 있어요

집으로 갈 땐 가방이 불룩해져요
웃음소리 가득
좋은 생각들 가득

다음엔 누구랑 어떻게
무슨 놀이를 할까
저 너머엔
무엇이 있을까

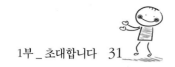

궁금한 내일
해꽃 피는 아침에
나는 또 씩씩하게
어린이집 갈래요

2부
황금밭에서

달팽이 1

달팽이 한 마리
상추 잎에 숨어
우리 집으로 이사 왔다
방 한 칸 기꺼이 내주었다

하루
고놈 차암 조신하다
우리 가족 세심하게 관찰하는 것 좀 봐

이틀
고놈 차암 찬찬하다
쓰기공부 알아서 꼼꼼히 하고 있는 것 좀 봐

사흘
고놈 참 재주 있다
그림 한 장 독특하게 그리는 것 좀 봐

나흘
고놈 참 영특하다
쓰윽 시 한줄 써 내려가는 것 좀 봐

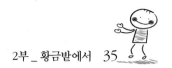

닷새
고놈 참 빠르다
벌써 세계지도를 그려 나가는 것 좀 봐

달팽이 2

달팽이는 좋겠네
해가 뜨나 달이 뜨나
집 걱정하지 않아서

달팽이는 좋겠네
집 한 채 독방 차지하고
방문 잠그지 않아서

달팽이는 좋겠네
계단을 올라가지도 않고
엘리베이터도 타지 않고
스르륵 집이 가까워서

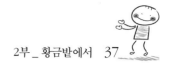

개구리

너는 언제나
아슬아슬 폴짝폴짝
어떤 경계를 넘나드는 것이냐

비오는 날
초록의 노래는 온통
엄마의 그리움이더냐

그래서 너의
울음주머니엔
눈물만 가득 들어있느냐

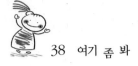

매미

여름만 만나면
소나기처럼 지나가는 매미야

왜 그렇게 울었니

엄마 아빠가 없어서?
길을 잃어서?
너무 더워서?

매워서?
배고파서?

그래, 지금은 조용한 걸 보니
시원한 소식이 있었나 보다
나도 너처럼
어딘가에 매달려
한 나절만이라도 울고 싶어
그래, 나에게도 언젠가
좋은 소식 찾아오겠지

꽃 매미에게

포도나무 집
할아버지 한숨이
길어졌다
꽃 매미 너 때문에
포도 알이
작아졌다고
나무가
자꾸 말라간다고

포도밭에
너의 천적을 붙여 준다더라
싸우지 말고
다치지 말고
멀리 떠나거라

아니면 포도나무를 해치지 말든가
아니면 꽃씨 성을 갈든가

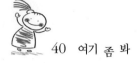

잠자리 1

짐 하나 없이
자유롭게 비행하는
네가 부러워

게다가
투명한 날개 위에는
언제나 무지개가 떠 있어

나도
너처럼
가벼웠으면

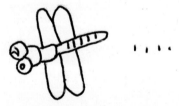

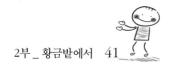

잠자리 2

동그랗게
파란 길을 내고 있는
잠자리를 따라 갑니다

하늘로 통하는 그 길 아래로
햇살이 포실포실 내려옵니다

농부들의 들판이야기
가족들의 옛날이야기
한들거리는 가을이야기
돗자리에 가득한 사랑이야기

어느새 잠자리는
내가 좋아졌나 봅니다
자꾸만 내 어깨 위에 앉으려는 걸 보면

참새와 허수아비

무슨 생각하니
친구가 보고 싶어

다리 아프겠다
친구를 기다려

무엇을 도와줄까
내 친구가 되어 줘

거미집

거미는

내가 집을 지키지 않으면
꼭 자기 집을 지어요
뚝딱뚝딱 소리도 없이
어느새 자기 집을 지어요

천정에 씨씨티브이 달아놓고
내가 집을 비우는지 안 비우는지
지켜보고 있나 봐요
집 비우면 또 자기 집 지으려고

투명하고 멋진 집
몇 채 더 지으려고

우리 집 강아지

내가 움직일 때마다 졸래졸래
한 바퀴 뱅그르르
꼬리가 떨어져라 신나게 살래살래
네 발은 너무 빨라
바쁜 걸음으로 따다다다

바스락 소리 날 때마다 내 앞으로 쪼르르
한 바퀴 뱅그르르
먹을 것 달라고 살랑살랑
좋아한다고 사랑해 달라고
훌렁 벌러덩

내가 손짓할 때마다 촐랑촐랑
한 바퀴 뱅그르르
나도 따라 한 바퀴 빙그르르
기분 좋아 또 한 바퀴 빙그르르

꿀벌

직업이 건축사인 꿀벌님
꼬마 친구들이 안전하게 지낼
튼튼한 육각형의 어린이집
설계 주문해도 될까요

특기가 수집가인 꿀벌님
꼬마 친구들이 재밌게 놀이할 수 있는
탐구 교실 한 칸
빌려 써도 될까요

취미가 요리사인 꿀벌님
꼬마 친구들이 맛나게 먹을
달콤한 꿀단지
최상품으로 신청해도 될까요

기린 엄마, 장순이

동물원에 경사가 났다
장순이네
18번 째 아기 기린 탄생 소식

축하해
장하다
대단하다

장순아
난 너의 큰 키가 부러워
긴 목과 긴 다리가 너무 멋져

멀리 보고 높이 보며
사방을 두루 살피는 안전 도우미
순하고 온화한 미소와
조용히 사색하는 믿음직한 모습

편히 쉬었으면 좋겠다
가족들과 알콩달콩
즐겁게 놀았으면 좋겠다

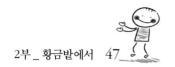

아기 기린 쓰다듬으며 기뻐하는
엄마 기린 다산왕 장순아
수고했어
고마워

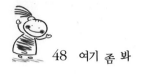

황금 밭에서

내 고장 소사벌
덩실덩실 자랑할게요

가을마다 황금 알갱이들
출렁출렁 넘실넘실

농부의 영근 구슬땀
바람의 금빛 미소

한상 가득 마을사람들의 인사
덩덩 꿍따꿍

가장 따뜻한 감사의 밥상
가장 눈부신 노력의 밥상

한상 가득 이웃 사람들의 인사
덩덩 꿍따꿍

가장 맛있는 행복한 밥상
엄마표 최고의 밥상

무릉계곡

하얀 반석과 녹색 병풍
눈이
이렇게 산뜻해질 줄 몰랐어요

투명하고 맑은 계곡물 소리
귀가
이렇게 시원해질 줄 몰랐어요

하늘색 약수 한 모금
입이
이렇게 깨끗해질 줄 몰랐고요

향긋한 초록바람
코가
이렇게 상쾌해질 줄 정말 몰랐어요

기쁨

어라
대문 옆에 감나무가 있었네
앞집 담장엔 대추나무도 있었네

어라
뜨락에 백일홍이 있었네
저기 금잔화도 있네
요기 샐비어도 있고 조기 맨드라미도 있네

눈이 두 개이고
귀도 두 개인데
그 동안 나는 왜 한 개만 알고 있을까

눈 동그랗게 뜨고 봐야겠다
귀 쫑긋 세우고 들어야겠다

가만히 들여다보니
그늘도 있고 이슬도 있네
가만히 귀 기울여보니
바람도 있고 노래도 있네

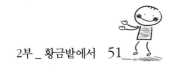

어라
내 안에 내가
또 하나 있었네

사계절

봄이 언제 오냐고 물었더니
엄마가 안아 주시면서 지금 왔대요

여름이 언제냐고 물었더니
내가 바람을 제일 좋아할 때래요

가을이 무슨 색이냐고 물었더니
가슴 속에 있는 넉넉한 빛깔이래요

겨울이 어디 있느냐고 물었더니
장갑 낀 내 손 안에 있대요

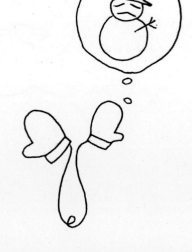

3부
내 친구 어디에

- 내 짝꿍
- 우정
- 내 친구 어디에
- 여우비
- 시소
- 놀이
- 교실
- 팅커벨에게
- 풍선껌

- 산 친구
- 사진 속 풍경
- 우산
- 빗방울
- 그림자
- 첫 눈
- 색안경
- 윷놀이

내 짝꿍

말 없는 내 친구
갈까? 물으면
갈 건지 말건지...

답답한 내 친구
할까? 물으면
할 건지 말건지...

이리 보고 저리 보고
눈 씻고 보아도
영 보이지 않는
짝꿍의 속마음

그래도
내가 기다려줄 수밖에

우정

새봄엔
부끄러워 그 친구와 눈 맞춤을 못했어요
말 대신 손으로 가르켰지요
일주일
이주일
삼주일...
눈빛 마주하니 사랑나무 열렸어요

뜨거운 여름 동안
시원한 이야기들 주렁주렁 매달리고
푸른 잎과 웃음꽃
화알짝 피었어요

이 가을
친구와 함께 하는 자리마다
풍성하고 향기롭게
사랑이 익어가고 있어요

내 친구 어디에

내가 반장이었을 때
친구가 아주 많았어요
내가 대장이었을 때도
친구가 엄청 많았지요

반장을 내려놓자
친구들이 슬금슬금 없어졌네요
대장을 그만하자
친구들이 어디론가 사라졌네요

내 친구를 공모합니다

내 친구는
반장이 아니어도
대장이 아니어도
잘 생기지 않아도
가진 것 없어도
괜찮아요

같이 있기만 해도 마냥 좋고

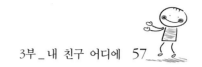

무엇을 해도 그저 좋은
바라보기만 해도 그냥 좋고
무슨 말을 해도 무조건 좋은

그런 친구 어디?

여우비

갑자기 비가 내리다 맙니다

왔다갔다 여기저기 살펴보고도
결정 못하는 민혁이처럼

들었다 놓았다 조물락 만져보고도
사지 못하는 지민이처럼

느닷없이 나타나 날보고 웃어주더니
쏜살같이 달아나버린 주연이처럼

소나기가 지나간 사이
물방울 단추 가득 달고
나온 나무들
무지개다리까지 걸어
놓았습니다

오락가락하던 내 마음도
활짝 개었습니다

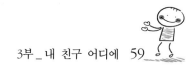

시소

놀이터 양 끝에 앉아
하늘과 땅
누가 누가 더 큰지
키를 재고 있어요

지구 끝에 앉아
위 아래
누가 누가 더 무거운지
저울질하고 있어요

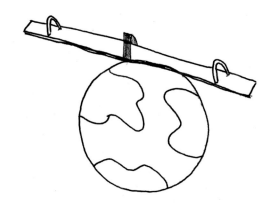

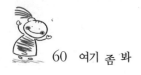

놀이

신나는 술래잡기
재미있는 소꿉놀이
신기한 로봇놀이

온통 궁금한 장난감 나라에서
세상을 읽고 있어요

온통 새로운 놀잇감 나라에서
싱싱한 꿈을 캐고 있어요

매일매일
흥미로운 놀이 속에서
건강한 나를 찾고 있어요

교실

새봄
교실에 새싹들이 피었습니다

선생님 얼굴 친구 얼굴
손과 손을 잡은 노래 소리에
소망들 하나씩 둘씩 열리고
새들이 푸르르 날아오르더니

한 여름
나의 교실은
단단한 열매 가득한
푸르디푸른 숲이 되었습니다

싱싱한 꿈들이 펄럭입니다

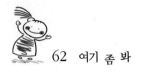

팅커벨에게

요정님
피터팬에게
말 좀 시켜 주세요
옆에 있다는 것을 잊지 않게요

자꾸자꾸 말 좀 걸어 주세요
가끔씩 용기에 물을 주세요

요정님
피터팬에게
말 좀 붙여 주세요
혼자가 아니라는 것을 잊지 않게요

계속해서 말 좀 걸어 주세요
가끔씩 시간을 늘려 주세요
피터팬은
영원한 나의 친구이니까요

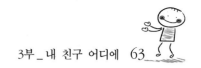

풍선껌

오물오물 입안 가득
쫀득하고 맛있는 풍선껌

푸우-푸우- 빨간 풍선
불면 불수록
콧등에서 빵 터지고

푸우-푸우- 노란 풍선
커지면 커질수록
눈 밑에서 빵 터지고

오물오물 향기 가득
쫄깃하고 재밌는 풍선껌

자꾸자꾸 불고 싶은
무지개 풍선껌

산 친구

바위에 오르다가
데구르르 쿵,
대자로 누워보니
내 침대가 되었어요

나무에 오르다가
엉덩방아 쿵,
그대로 주저앉으니
내 방이 되었어요

산에 올라 큰소리로
야호!
친구들과 신나게 놀다보니
우리 놀이터가 되었어요

어느새
산이 컸어요
나도 컸어요
우리도 컸어요

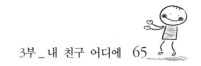

사진 속 풍경

친구의 웃음과 선물
빨간 꽃 속에 들어 있고

선생님의 따뜻한 사랑과 말씀
노란 꽃 속에 들어 있다

보고 싶은 얼굴들
사계절 꽃 속에
콕콕 박혀 있다

우산

시끄러운 것들은 접어요
우산은
가릴 수 있어서 안전하네요

우리끼리만 있기에 더욱 좋아요
소곤소곤 마음에 꽃등을 달아요
비에 젖은 마음 말려 보아요

화-알-짝
우산을 펴요
어여쁜 무지개 풍경
미소가 번져요
세상이 환해요

펼친다는 것
그것은 희망이지요

빗방울

후둑후둑
모여드는 빗방울
한 방울 두 방울
반갑다 인사하며
얼쑤—
어깨동무 하네

우리는 원래 하나였다고
우리는 결국 하나 된다고
더덩실—
노래하며 춤을 추네

그림자

고무줄처럼
밀고 당기는 너

우린 서로 벗어날 수 없어
내가 너의 손을 놓지 않는 이상

나를 싫어하는 듯해도
은근히 말 잘 듣잖아

나를 떠나려는 듯해도
은근히 잘 따라오잖아

너는 나를 유심히 지켜보고
나는 너를 유난히 좋아하고

너는 나를 빛처럼 기다리고
나는 너를 거울처럼 바라보고

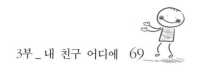

첫 눈

마침 잘 됐다

며칠 토라졌던 짝꿍의 마음
소복소복 덮어줬으면 좋겠다

며칠 서운했던 내 마음
사르르 녹여줬으면 좋겠다

주먹 눈사람을 만들어야지
손 편지도 준비해야지

쑥스러운 맘
부끄러운 맘
눈송이처럼 하얗게 하얗게 지우고

따스한 마음
달달한 마음
눈송이처럼 폭신폭신한 설레임으로

우정탑 더 높이
쌓아갔으면 좋겠다

색안경

안경을 끼고 보니
색깔이 다르다
모양이 다르고 크기가 다르다
굴절되었던 오해가 보이고
먼지 낀 욕심이 보이고
사랑 덮은 미움이 보인다

안경을 벗고 보니
친구의 순한 눈빛이 보인다
광선처럼 화해가 보이고
꽃 같은 웃음이 보인다
감사가 보이고
장미들의 축제가 보인다

안경을 내려놓으니
참나가 보인다
참말이 들리고
참 맑은 꿈이 그려진다

윷놀이

하늘을 가르며 멍석 위로 또르르
기대 만발 모여드는 눈빛들
앗싸-
도 개 걸 윷 모
다섯 가지 표정들을 업고
말이 달린다
빨리 가려고 윷가락은 더 높이 날고
붙잡히지 않으려고 더 힘껏 달리는 말
우렁찬 기합을 넣으며
도 아니면 개
윷 아니면 모
하늘 끝까지 날아보자
땅 끝까지 달려보자
우리 하나 될 때까지
신나게 놀아보자

4부
못 말리는 사람들

사랑

엄마 손은 약손
살짝만 닿아도 밥 한 공기 먹은 듯
기운이 번쩍번쩍

비실비실하던 강아지도 팔짝팔짝
시름시름하던 물고기도 펄떡펄떡

늘어졌던 꽃들도 활짝활짝
화단의 나무들도 파릇파릇

지쳐있던 몸과 마음을 스르륵 만져주면
기름칠을 한 듯 윤기가 반지르르

뭐든지 초롱초롱 깨어나게 하는
엄마 손은 요술 봉

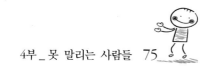

울 엄만 울보

울 엄만 울보래요
내가 아프다고 울면
따라 울어요

속상하다 훌쩍이면
또 따라 울어요

텔레비전 보다가도 눈물 흘리고
바람 부는 날에도 눈물 보이고

나도 따라 울어요

울 엄만 울보래요

비밀

엄마가 나처럼
어린 시절이 있었다는군요 글쎄

엄마는 천사같다가 때로 마귀도 되어요
엄마는 아이같다가 때로 할머니도 되어요

엄마는 이름도 많아요
딸이었다가 며느리도 되고
아내였다가 시인도 되고

그런데 나도
그런 엄마가 될 거라네요 글쎄

엄마의 부탁

엄마는 부탁하는 게 습관인가 봐요
앉아
일어나
빨리 가

엄마는 부탁하는 게 재미있나 봐요
씻어라
먹어라
공부해라

나는 엄마의 부탁을 거절하지 못하고
어제도
오늘도
내일도
똑같은 부탁을 받고 있어요

엄마, 나도 부탁 있어요
이제 그만!

엄마와 꿈

오늘 밤 꿈속에선
착한 엄마 나왔으면 좋겠어요

가끔 나쁜 엄마 나타나서
큰소리도 치고 잔소리도 해요
가끔 무서운 엄마 나타나서
혼도 내고 야단도 쳐요

오늘 밤 꿈속에선
순한 엄마 나타났으면 좋겠어요

재미있게 같이 놀고 따뜻하게 웃어 주는
칭찬 많이 해주고 포근하게 안아주는
부드러운 말씨로 사랑한다 속삭여 주는
맛난 빵 구우며 나를 기다려주는

오늘 밤 꿈속에선
좋은 엄마 만났으면 좋겠어요

저금통

꿀꺽 동전 먹으며
어머니 말씀 전해 주지요
"우리 왕자님, 심부름 아주 잘 했어요"

꿀꺽 동전 삼키며
아버지 말씀도 전해 주지요
"역시 최고야, 오늘은 기쁨 두 배다"

배부른 저금통 끌어안고
나도 한마디
"엄마 아빠 말씀도 꼭꼭 저축해 줘!"

달님께

엄마는 나를 고치려고 해요
말 잘 듣는 아이
말 잘하는 아이

엄마는 나를 바꾸려고 해요
날씬한 아이
잘 웃는 아이

그렇지만 나는
통통한 엄마를 닮았고
무뚝뚝한 아빠와 비슷한 걸요

엄마는 나를 뒤집으려고 해요
공부 잘하는 아이
무엇이든 일등 하는 아이

달님
엄마의 생각을 고쳐 주세요
엄마의 소원을 바꿔 주세요

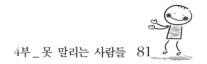

아무리 봐도 우리 엄마 마음은
안개 속이에요
수수께끼 같은 우리 엄마 마음은
우물 속이에요

자전거

아빠는 큰 동그라미
나는 중간 동그라미
동생은 작은 동그라미

큰 동그라미 한번 돌아가면
중간 동그라미 두 번 돌아가고
작은 동그라미 세 번 돌아가네

공원 한 바퀴
씽씽 달리며
아빠와 함께
사랑을 나눠요

변덕쟁이

놀다가 먹다가
티격태격 우리 형제
동생이 변덕쟁이인지
내가 변덕쟁이인지
도통 알 수가 없어요

텔레비전 보다가
울다 웃는 우리 엄마
텔레비전이 변덕쟁이인지
엄마가 변덕쟁이인지
도무지 알 수가 없어요

동생의 잠꼬대

다르릉다르릉
장단 맞춰 낮잠 자는 내 동생
꿈속에서 좋아하는 자전거
신나게 달리고 있나 봐

냠냠냠
달콤하게 낮잠 자는 내 동생
먹다 남은 솜사탕
꿈속으로 가져갔나 봐
꿀맛처럼 입맛을 짝짝 다시고 있네

음냐음냐
하루 종일 제일 바쁜 내 동생
자면서도 알 수 없는 책읽기도 하고
뿡뿡 자동차 마냥 왔다갔다 방귀도 뀌고

다르릉 냠냠 쩝쩝
먹성 좋은 개구쟁이 내 동생
꿈속에서 진수성찬 차려놓고
맛있게 맛있게 먹고 있나 봐

소망 1

우리 아빠 가슴은 뜨거워요
목소리가 너무 크고 급하니까요

아빠 가슴이 시원하면 좋겠어요
부드럽고 천천히 말씀하시도록

하늘빛 닮은 아빠 마음이라면
연둣빛 닮은 아빠 말씀이라면

나는 나는
더 잘할 수 있을 것 같아요

소망 2

방글방글 웃는 아가를 보면
재미있게 놀아 주는
친구가 되고 싶고요

으앙으앙 우는 아가를 보면
안아주고 달래주는
엄마가 되고 싶고요

옹알옹알 말하려는 아가를 보면
귀담아 잘 들어주는
선생님이 되고 싶어요

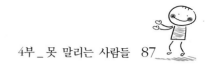

생일 케이크

작은 별 다섯 개
하얀 구름 위에서 반짝반짝

축하해요
짝짝짝

후후− 후−
짝짝짝

웃음꽃 하늘 위로
몽실몽실 피어오르네

사랑
고것 참,

사르르
달콤하네

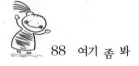

아빠

아빠는 주무실 때도
일을 하나 봅니다
어푸어푸

아빠는 잠드신 후에도
자동차를 운전하나 봅니다
드르릉

언덕길을 달리나 봅니다
들쑥날쑥
휴식 시간에도
푸푸
말 달리듯 숨을 모는
아빠

그 꿈길에서라도
좀
쉬어 갔으면
좋겠습니다

못 말리는 사람들

네모 안 색칠 공부
바깥으로 삐쳐나간 것
손 더러워진 것
별걸 다 못 참는
반듯한 우리 선생님
정말 못 말려

녹음기처럼 빨리빨리 외치며
책상 위 삐뚤어진 것
지저분한 식탁
절대로 못 봐주는
깔끔이 우리 엄마
정말 못 말려

나누기 빼기 보다
더하기 곱하기 계산기 두들기며
닳도록 시계보고
시간표 체크하는
완벽한 우리 아빠
정말 못 말려

고구마 가족

말랑말랑 황토이불 위로
집 잃지 말라 내어놓은 줄기
그 길 따라 줄서는 새끼 고구마
"엄마, 같이 가. 끝까지 따라 갈테야"

좋은 자리 잡으려고
조심조심 둥지 트는 엄마 고구마
"애들아, 떨어지면 안 돼.
꼭 붙들어, 우리는 끝까지 같이 가는 거야"

엄마냄새 따뜻한 이불 속
울퉁불퉁 향기는 없지만
주렁주렁 튼실하게 손잡고
식구 늘려가는 고구마 가족

서로 챙겨주고 보듬어주는 것
이것이 사랑인줄 이제 알겠어요
가족이 함께 한다는 것
이렇게 아름다운 것인 줄 이제 알겠어요

5부
여기 좀 보세요

나는 공

나는 떼구르르 공이에요

엄마 손바닥 위에서 뽀뽀
아빠 손바닥 위에서 뽀뽀

탁구공이 되었다가
럭비공이 되었다가

엄마 아빠 손바닥 안에는
신기한 무언가가 숨어 있나 봐요

공이 자꾸자꾸 커지니까요

초보 운전

브레이크 없는 소형차
조심하고 피해가는
주변 사람들
내 운전은 아직 초보

까치발로 힘껏 밀어 보았죠
드디어
보행기가 문턱을 넘던 날
가족들의 박수소리
잊을 수가 없어요

내 차는 힘차게 달려도
집 안에서 뱅뱅 돌지요

꿈꾸는 아가에게

아가야
꿈나라에서
누가 혼내길래
그리도 삐죽삐죽 거리는 거야

아가야
잠나라에서
무얼 하고 놀길래
그리도 히죽히죽 웃는 거야

앵두나무집 아기

새콤하게 눈웃음치며
떼굴떼굴 굴러오는 어여쁜 아가

발그레한 뺨으로
오물오물 이야기하는 귀여운 아가

느린듯 하다가 반짝 코앞에 와 있고
울듯 말듯 하다가 까르르 목젖 보이고

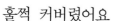

빨간 여름 야금야금 먹고
달콤하게 익어 가더니
떼구르르 웃음 굴리며
훌쩍 커버렸어요

놀이터

와글와글
구름과 섞이고

시끌시끌
바람과 섞이고

까륵까륵
꽃향기와 섞이고

날마다
날마다
친구들과 섞이고
마음들도 섞이고

운동장

마음 놓고 뛰라고
두 팔 벌린 운동장
그림자마저 좋아라
온몸으로 달린다

갖가지 얼굴 표정
쏟아지는 함성 속에
넘어지는 아이 받아주는
푹신한 운동장

꼭 엄마 품 닮았다

건강 비결

아빠가 바라보면 마늘도 꿀꺽
선생님이 쳐다볼 때 대파도 꿀꺽
동생이 따라하니 양파도 꿀꺽

맛있게 꿀떡
즐겁게 꿀떡
음식은 골고루 꿀떡꿀떡

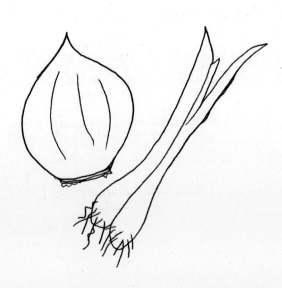

여기 좀

귀 좀 열어 주세요 쾅
날 좀 봐 주세요 쿠쿵
고개 좀 돌려 보세요 우당탕
가끔 뒤도 좀 돌아봐 주세요 찌익 번쩍

이렇게 해도 겨우 볼까 말까한
이렇게 말해도 겨우 읽을까 말까한

내가 천둥이 되어야만
겨우 들을까 말까한

어른들...

여보세요

나보고 높이 날라고 하다니요
하늘이 놀이터인 새인가요

나보고 멀리 뛰라니요
초원이 운동장인 야생동물인가요

나보고 헤엄도 잘 치라니요
바다가 고향인 물고기인가요

나는 그저
땅 위를 두 발로 걷는
평범한 아이랍니다

축구공

힘 빠졌다고
관심 버리지 말아요

열심히 뛰었어요
지구 몇 바퀴

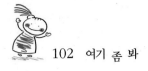

우리 집 꼬마 소방관

더워 더워
벌겋게 달아오른 얼굴들
더워 더워
붓고 찡그린 얼굴들

"다녀오겠습니다"

허허
할아버지 시원스레 웃으시네요
후후
할머니 기쁘게 웃으시네요

내 얼굴을 보면 더위가 가시나 봐요
내 얼굴만 보면 정말 시원해지나 봐요

더워 더워
근심 걱정 가득한 표정들
더워 더워
그을리고 어두운 표정들

"다녀왔습니다"

하하
아빠 얼굴이 활짝 펴졌어요
호호
엄마 얼굴이 금세 환해졌어요

내 모습을 보면 화가 꺼지나 봐요
내 모습만 보면 진짜 기분이 좋아지나 봐요

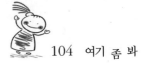

거꾸로

젖은 옷 거꾸로 걸면
뚝뚝 물 떨어져
뽀송뽀송 마른 옷 되듯이

뉴스에 나온 나쁜 아저씨
물구나무서서
거짓말 몽땅 쏟아내면
착한 사람 좋은 아저씨
될 수 있겠네

나도 가끔
미운 말 튀어나올 땐
철봉에 거꾸로 매달려 봐야지
그리고 나면
고운 말 예쁜 말
다시 차곡차곡 고이겠지

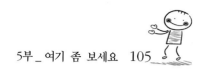

웃어요

누가 그래요
웃는다는 건
돈 버는 일이라고
오래 사는 일이라고

그래서
날마다
웃음꽃을 가꿔요

이왕이면 크게
이왕이면 많이
이왕이면 소리 내서

울 엄마의 걱정도
울 아빠의 성냄도
웃음꽃 앞에선
주춤
마술처럼 물러가지요

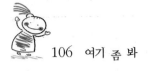

우리 동네

수면 위 둥둥 잎사귀 마을
새들의 까페테리아
물고기들의 옥상 정원

옹기종기 모여
도란도란 이야기꽃 화알짝
보글보글 사랑이 샘솟는 연못단지

분주하고 떠들썩한 연잎 아래
물고기들의 행복아파트
참 아름다운 마을이어라

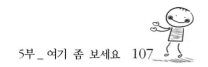

깨달음

오늘을 산다는 건
두 다리가 있기 때문이지요

이렇게 설 수 있는 힘을 주신 건
부모님이었다는 사실을
이제야 알아차렸어요

하늘과 땅이 있고
그 중심에 내가 있다는 걸
오늘에서야 알게 되었어요

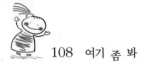

꿈의 집

나는 집이 있어요
아빠 엄마 언니 동생이 있는 우리 집
가족과 뭉실뭉실 지내는
이 보다 좋은 집이 또 있을까요

나는 집이 또 하나 있어요
예쁜 선생님이 기다리고 있고
맘씨 고운 짝꿍과 얘기 나누고
착한 친구들과 재밌게 놀 수 있는
어린이집

나도 커서 그런 집을 지을 거에요
편안하고 좋은
꿈을 듬뿍듬뿍 담을 수 있는
그런 멋진 집을 지을 거에요

▌감상을 돕는 글

가슴이 콩닥콩닥 뛰는 포근하고 느낌 있는 동시

김완기 (아동문학가, 전 한국아동문학회 회장)

예쁜 동시가 나란나란 앉아있는 집 한 채가 우리 곁에 세워 졌어요. 이 조그마한 집에는 꽃, 나무, 달팽이, 허수아비, 참새 들이 살고 있답니다. 내 짝꿍과 엄마 아빠, 그리고 이웃들과 온 동네가 다 모여서 살아가는 얘기를 재미있게 들려주네요. 저마다 감춰두었던 고운 생각을 쏙쏙 꺼내 보이며 까르르 웃 다가 내 얘기 들어보라고 손짓하기도 합니다.

이 동시집을 펴낸 박미자 선생님은 시인이며 아동문학가입 니다. 15년이 넘도록 맑고 깨끗한 시를 쓰고 있는 시인이랍 니다. 몇 해 전엔 「모든 시간들에겐 향기가 있다」라는 시집 을 펴내기도 했어요. 그동안 풀잎처럼 싱그럽고 파릇한 작품 들로 여러 우수문학상도 받았대요. 지금은 어린이집 원장님 으로 어린이 여러분과 눈빛 오가며 반짝이는 동시를 쓰고 있 답니다.

박미자 시인의 동시는 정겹고 풋풋해 좋아요. 보잘것없는 작은 것들에게도 따뜻하게 정을 주며 얘기를 나누고 있습니다. 사랑과 나눔의 예쁜 생각들이 콩닥콩닥 가슴을 뛰게 해요. 마알간 이슬방울을 만나듯 설렘이 있는가하면 이웃과 함께 하는 기쁨도 담겨 있어요. 자연이 숨겨둔 새로운 것들이 마치 다정한 짝꿍처럼 다가오기도 해요.

이 동시집에 담긴 작품들을 읽다보면 절로 고개가 끄덕여져요. 여러분도 작품 속에 함께 젖어들어 살아가는 우리들 세상이 참 아름답다는 걸 느꼈으면 좋겠어요.

1. 감동으로 다가오는 반짝이는 생각들

박미자 시인이 바라보는 세상은 참으로 아름답군요. 생각하고 상상하는 것들이 모두 상큼하고 엉뚱하기도 합니다. 그래

딩동
문자 왔어요

제일 친한 친구가
가장 부지런한 민들레의 기지개를
배달해 주었어요

딩동
앙증맞은 노루귀의 하품도
봄까치의 재채기도

연달아 도착했어요

연둣빛 풀섶에서
피어오르는 노란 소식들
설레는 봄

딩동
고마워요 친구

― 「선물」 전문

서 새로움으로 다가옵니다. 잠깐 설렘으로 책장을 넘기며 작품 속으로 빠져들게 하네요.

「선물」은 잔잔한 감동으로 다가오는 포근한 시입니다.

이른 봄 선물을 풋나물처럼 싱싱하고 정겹게 표현했어요. 시인의 상상이 참으로 재밌군요.

어느 날, 딩동 울리는 문자로 민들레의 기지개를 배달하는군요. 노루귀의 하품과 봄까치의 재채기도 도착하구요. 이 같은 봄의 선물은 누가 보낼까요? 지은이는 보내준 친구에게 고맙다고 했어요. 귀여운 어린이 마음이 묻어나는 시입니다. 이걸 동심이라고 하지요.

바위에 오르다가
데구르르 쿵
대자로 누워보니
내 침대가 되었어요

나무에 오르다가
엉덩방아 쿵
그대로 주저앉으니
내 방이 되었어요

산에 올라 큰소리로

야호
친구들과 신나게 놀다보니
우리 놀이터가 되었어요

어느새
산이 컸어요
나도 컸어요
우리도 컸어요

— 「산 친구」 전문

산이 지닌 모습과 그 무게를 진솔하게 그려낸 시입니다. 산에 올라 야호! 소리치며 맘껏 팔 벌리고 안아 보고픈 심정을 잘 담고 있어요.

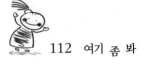

팔 벌려 대(大)자로 누우면 산은 넉넉한 침대가 된다고 했어요. 그러다 앉으면 편안한 방이 되지요. 산의 정경을 다정한 친구로, 포근한 쉼터로 친근하게 담은 시입니다. 그래서 이 작품을 읽게 되면 나의 체험과 같아서 공감하게 되지요. 산에서 놀다보면 산이 크고 나도 큰다고 한 구절을 누구나 함께 공유하게 될 거예요.

2. 친구처럼 느껴지는 자연과 사물의 모습

시는 아름다운 언어를 쓰는 게 아니라 생각을 아름답게 담아내는 글이지요. 그래서 시 속에 어떤 생각이 어떻게 배어있고 어떻게 느낌으로 다가오는지를 잘 살펴야 해요.

이 동시집에 담긴 박미자 시인의 작품 한 편, 한 편들을 읽다보면 우리를 둘러싸고 있는 자연과 사물들이 나와 가까운 친구처럼 와 닿게 되는 걸 느끼게 됩니다. 그 어떤 것들도 반짝이는 삶의 기쁨이 있음을 찾게 되어요.

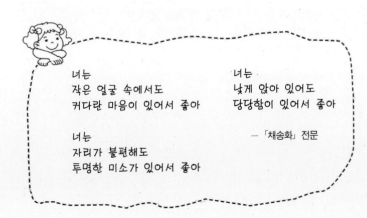

너는
작은 얼굴 속에서도
커다란 마음이 있어서 좋아

너는
자리가 불편해도
투명한 미소가 있어서 좋아

너는
낮게 앉아 있어도
당당함이 있어서 좋아

— 「채송화」 전문

참 귀엽고 재밌지요? 꽃밭에 피고 지는 여러 꽃 가운데 가장 키 작은 막둥이 '채송화'를 좋아하는 까닭이 명료하게 새겨진 시입니다.

작지만 또랑또랑하게 쳐다보는 채송화를 세 가지 이유로 칭찬하네요. 작은 얼굴 속에서도 커다란 마음을 첫째로 꼽았네요. 자리가 불편해도 밝은 미소를 잃지 않는다 했어요. 그리고 당당함이 있어서 좋아한다구요.

짧은 동시이지만 '채송화'의 살아가는 모습을 담백하게 표현한 시입니다. 함축미있게 겉모습이 아닌 속 모습을 산뜻하게 담아내고 있어요.

내가 움직일 때마다 졸래졸래
한 바퀴 뱅그르르
꼬리가 떨어져라 신나게 살래살래
네 발은 너무 빨라
바쁜 걸음으로 따다다다

바스락 소리 날 때마다 내 앞으로 쪼르르
한 바퀴 뱅그르르
먹을 것 달라고 살랑살랑
좋아한다고 사랑해 달라고
훌렁 벌러덩

내가 손짓할 때마다 촐랑촐랑
한 바퀴 뱅그르르
나도 따라 한 바퀴 빙그르르
기분 좋아 또 한 바퀴 빙그르르

— 「우리 집 강아지」 전문

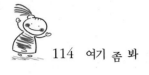

어린이들이 많이 겪는 소재여서 눈앞에 보듯 친근해집니다. 언제나 졸래졸래 따라다니는 강아지의 귀여운 모습을 도드라지게 건져내 새롭게 보여줍니다.

촐랑촐랑, 살래살래, 살랑살랑, 빙그르르, 쪼르르... 이같이 모양을 흉내낸 말을 적절하게 사용해 시의 분위기를 돋우고 있어요.

강아지가 짧은 네 발로 쪼르르르 따라다니며 뱅그르르 한 바퀴 도는 건 강아지와 나 사이에 오가는 말없는 생각나누기랍니다. 우리 사이는 이렇게 마음이 오가는 친구라는 걸.

비단 강아지뿐만 아니라 나와 함께 하는 모두가 다 이처럼 오가는 마음이 있어요. 움직임으로, 눈빛으로, 소리내기로 정겹게 마음을 나누는 따듯한 시를 이 동시집에 담고 있답니다.

3. 사랑 가득한 가족과 함께하는 이웃들

이 동시집에는 나를 둘러싸고 있는 가족과 이웃의 훈훈한 정감을 향기롭게 그려낸 작품이 여러 편 실려 있어요. 사람과 나눔으로 서로 보듬는 마음이 참으로 훈훈하고 따뜻합니다.

시는 이처럼 소중한 마음을 진솔한 언어로 빚어내는 글이기에 읽는 가슴마다에 잔잔한 느낌과 울림을 안겨주지요.

오늘 밤 꿈속에선
착한 엄마 나왔으면 좋겠어요

가끔 나쁜 엄마 나타나서
큰소리도 치고 잔소리도 해요
가끔 무서운 엄마 나타나서
혼도 내고 야단도 쳐요

오늘 밤 꿈속에서
순한 엄마 나타났으면 좋겠어요

재미있게 같이 놀고 따뜻하게 웃어 주는
칭찬 많이 해주고 포근하게 안아주는
부드러운 말씨로 사랑한다 속삭여 주는
맛난 빵 구우며 나를 기다려주는

오늘 밤 꿈속에서
좋은 엄마 만났으면 좋겠어요

— 「엄마의 꿈」 전문

누군가 말하기를 '모든 어린이는 시인이다'라고 했어요. 하루 하루 만나는 사람과 자연과 사물이 늘 새롭게 보이고 마음 한 쪽에 그들의 기쁨을 간직하기 때문이지요.

「엄마의 꿈」에는 좋은 엄마를 바라는 어린이의 소망이 오롯이 배어있어요. 무섭기 보다 순한 엄마, 잔소리보다 칭찬해 주는 엄마를 기다리고 있네요. 부드럽게 널 사랑한다고 속삭여주는 그런 엄마, 이 세상 모든 엄마가 한 번쯤 읽어봤으면 좋겠어요.

말 없는 내 친구   눈 씻고 보아도요
갈까 물으면   영 보이지 않는
갈 건지 말건지   짝꿍이 속마음

답답한 내 친구   그래도
할까 물으면   내가 기다려줄 수밖에
할 건지 말건지
                        — 「내 짝꿍」 전문
이리 보고 저리 보고

이 작품은 날마다 옆자리에 앉아 함께 호흡하며 지내는 '짝
꿍'의 모습을 담고 있네요.

활발한 친구, 조용한 친구, 수다스런 친구, 심술궂은 친구,
샘 많은 친구, 토라지는 친구...

여러 친구가운데 '내 짝꿍'모습은 어떠한가요?

쉽게 속마음을 드러내지 않는 답답한 짝 모습을 동시에 담
았군요. 항상 말없는 짝꿍, 눈 씻고 보아도 영 보이지 않는 속
마음을 어떻게 해야 할까요?

그래요, '내가 기다려줄 수 밖에' 라고 위로하는군요. 우리
와 함께하는 모든 사람들, 사물에도 살아가는 기쁨이 있어요.
비록 보이거나 드러내지 않아도 나름대로 감춰놓은 장점이
있답니다. 내 짝꿍의 속맘과 내 맘이 거울처럼 보이는 시입
니다.

4. 기쁨이 솔솔 묻어나는 예쁜 동시

다시 한 번 읽고 싶고, 다시 한 번 음미하고 싶은 시는 느낌으로 다가와 감동으로 남게 됩니다. 발상이 풋풋하고 시의 장면이 신선하기 때문이지요.

박미자 시인의 작품에서는 풍기는 이미지가 향기롭습니다. 꿈과 소망이 담겨 있거나 기쁨이 솔솔 묻어나는 예쁜 동시를 이 한 권의 책에서 만나게 될 거예요.

엄마 손은 약손
살짝만 닿아도 밥 한 공기 먹은 듯
기운이 번쩍번쩍

비실비실하던 강아지도 팔짝팔짝
시름시름하던 물고기도 펄떡펄떡

늘어졌던 꽃들도 활짝활짝
화단의 나무들도 파릇파릇

지쳐있던 몸과 마음을 스르륵 만져주면
기름칠을 한 듯 윤기가 반지르르

뭐든지 초롱초롱 깨어나게 하는
엄마 손은 요술 봉

— 「사랑」 전문

이 세상엔 여러 모양의 많은 손이 있지만 그 가운데 가장 든든하고 힘이 있는 손은 누구 손일까요? 그 손은 우리 가족

뿐 아니라 함께 사는 강아지, 물고기, 꽃나무도 기운 차리게
하지요. 번쩍, 팔짝, 활짝, 파릇하게 만들어주는 사랑의 약손을
명료하고 담백하게 담아낸 시입니다. 모두에게 골고루 나누어
주는 사랑의 엄마손. 살짝 닿기만 해도 밥 한 공기 먹은 듯 모
두가 초롱초롱 깨어나는 엄마 손을 이 시에서 만나게 되네요.

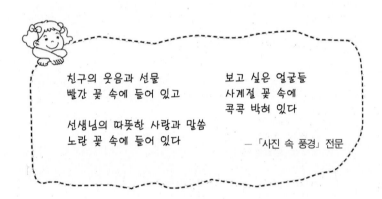

친구의 웃음과 선물
빨간 꽃 속에 들어 있고

선생님의 따뜻한 사랑과 말씀
노란 꽃 속에 들어 있다

보고 싶은 얼굴들
사계절 꽃 속에
콕콕 박혀 있다

— 「사진 속 풍경」 전문

가끔 사진 속 풍경을 들여다보면 지난 일들이 솔솔 피어나
지요. 그 장면을 아주 간결하게 담아낸 시입니다.

빠알간 꽃 속엔 친구와 조잘대는 모습, 노란 꽃 속엔 우리
반 선생님과 함께 찍은 다정한 모습이 담겨 있어요. 아마도 여
름에 피는 하얀 접시꽃엔 앞치마 두른 엄마 모습일 수도 있겠
지요. 가을 해바라기 사진 속엔 누가 있을까요? 사계절 꽃 속
에 콕콕 박혀있는 보고 싶은 사람을, 그리운 사람들이 쏙쏙 얼
굴을 내미는 듯 시의 맛이 상큼합니다.

박미자 시인은 풀잎처럼 맑은 동심을 품은 시인이며 아동문
학가입니다. 흔하게 보이는 것들도 새롭게 만들어내는 맑고

신선한 눈빛을 지닌 분이예요. 우리말의 정겨움이 담긴 여러 흉내말(의태어)도 재미있게 표현하고 있어 더 속맛이 달콤해집니다. 무엇보다 따뜻한 마음으로 세상을 바라보기에 작품에 묻어나는 느낌 또한 넉넉하고 포근합니다.

　시(동시)는 붓끝이 아닌 마음으로 쓴다고 했습니다. 그래야 읽는 독자에게 감동을 준다고 누군가 말했지요. 이 동시집에 실린 작품들을 가슴 촉촉이 읽으면서 동시의 재미를 맘껏 느껴보셔요.